푸른사상
시선

89

호박꽃 엄마

유 순 예 시집

푸른사상
PRUNSASANG

푸른사상 시선 89

호박꽃 엄마

인쇄 · 2018년 6월 20일 | 발행 · 2018년 6월 25일

지은이 · 유순예
펴낸이 · 한봉숙
펴낸곳 · 푸른사상사

주간 · 맹문재 | 편집 · 지순이 | 교정 · 김수란
등록 · 1999년 7월 8일 제2-2876호
주소 · 경기도 파주시 회동길 337-16(서패동 470-6) 푸른사상사
대표전화 · 031) 955-9111(2) | 팩시밀리 · 031) 955-9114
이메일 · prun21c@hanmail.net / prunsasang@naver.com
홈페이지 · http://www.prun21c.com

ⓒ 유순예, 2018

ISBN 979-11-308-1348-6 03810

값 9,000원

푸른사상 시선 89

호박꽃 엄마

얼떨결에 낳은 첫째 아이를 큰물로 내보냈다

회초리를 든 산후통에게 종아리를 맞다

창문을 열고 밖을 보니

열한 살 잡수신 세월이 꽃눈을 깜빡거리며 기다리고 있었다

그 세월과 눈이 맞아

둘째 아이를 낳아 큰물로 내보내는 중이다

배밀이하며 기어나가는 모습이 '호박꽃 엄마'를 닮았다

2018년 6월
유순예

| 차례 |

■ 시인의 말

제1부

제2부

제3부

제4부

제1부

봄, 밤

벗꽃들이
어둠을 밝히는
봄, 밤입니다

내 인생은……, 싸구려였어!

우울한 꽃 한 송이가
쌈빡한 문자메시지를 보내온
봄, 밤입니다.

네 인생은……, 꽃이야, 꽃!

우울한 꽃 한 송이가
어둠을 사귀려다 말고 헛웃음을 터트리는
봄, 밤입니다

큰바람꽃

아 뻐근하다, 뻐근하다고!

경지에 드러누운 당신의 다리를 주무르다 말고 내동댕이
쳤던 그날, 울컥한 액체가 그렁그렁 고여 있던 눈으로 나를
한참 동안 올려다보시던 당신의 그 눈빛, 지금도 생생하게
이 가슴에 박혀 있네요

비가 되려고
바람이 되려고
꽃이 되려고

곡기를 끊어버린 줄도 모르고
핏기를 날려 보낸 줄도 모르고
말문을 닫아버린 줄도 모르고

경지로 걸어가는 당신의 다리를 부여잡다 말고 내동댕이
쳤던 그날, 덜컥한 액체가 그렁그렁 고여 있던 눈으로 나를
한참 동안 올려다보시던 당신의 그 눈빛, 지금도 생생하게

14

저 하늘에 피어 있네요

고 고와요, 곱다고요!

한밥

남의 살갗이 그리울 때

혼자 고기 이 인분을 시킨다
주인 아낙이 구워주는
남의 살점이 노릇노릇 구워지고 있을 때
몇몇, 지인에게 전화를 한다
산행 중이다
운전 중이다
독서 중이다
알맹이는 없고 쭉정이들뿐이다

타박타박 타고 있는 남의 살점을 타박하고 싶을 때

혼자 고기 이 인분을 먹어치운다
끼니때가 지난 뒤에 먹는 밥인지
누에가 마지막으로 먹는 밥인지
헷갈리는
한밥을 먹는다

몸뻬

어머니랑 둘이서 울퉁불퉁 어설픈 저녁밥을 먹었다

딸내미 온다고
허리가 구부정한 엄마가 방 청소를 해놓으셨다
빨아 말렸다는 이불에
나는 아무 거리낌 없이 드러누웠다
구시렁구시렁
주방을 청소하신다
'엄마 제발 농사일 좀 하지 마, 집이 이게 뭐야'
딸내미의 잔소리보다
내일 온다는 큰아들의 핀잔이 더 그리우신가 보다
흙 묻은 옷 갈아입을 짬도 없이 꼼지락거리신다

'몸뻬'를 '왜바지'로 순화했다네
'몸뻬'를 '왜바지' 또는 '일 바지'로……,

풀벌레 야학생들이 우리말을 배우느라 시끌벅적한
산마을을 훑으며
죽어라고 일만 하시는
'왜바지'가 모로 누워서 코를 고신다

적일(赤日)

해 지기 전에 리어카 좀 끌고 오니라

포대도 몇 개 더 가져오고

병실 천장을 노려보며

고추를 따시더니

나는 총대* 세울랑게

너는 밭 가상에서 나물이나 뜯어라

인삼밭을 꾸리시더니

사경에 드신 아버지!

기저귀가 짓무르도록 검푸른

유언을 써놓고

천장에서 흙이 쏟아진다 사다리 좀 가져와라

천장을 노려보며

시치미 뚝 뚝 떼시더니

적일(赤日)이 되신 아버지!

당신이 두고 가신 밭으로

내려오셔서

농산물들을 어루만지시네요

* 총대 : 인삼밭 지붕을 받칠 나무 말뚝.

말하는 더덕

내 몸에서 냄새 나더냐?

노상 흙밭에서 사는디 말여
목욕혀봐야 소용없당께 금세
흙먼지와 땀으로 얼룩질 것인디
때 밀린다고
땀내 난다고
간호사가 지랄할깜시
병원에 갈 때는 깨끗이 씻고 간당께
촌구석 할매들 사는 게 그렇잖여
넘헌티 아순 소리 안 허고 살라먼
손끝마다 틀어박힌 가시는 암것도 아녀
칠십 평생을 흙과 실랑이를 벌이는디 말여
먼 데까지 풍기는
냄새가 투덜투덜
허한 장기들에게 스며들어
생기를 넣어준다면
내 몸이 할 도리는 다 한 것 아녀

더덕더덕 늙어가는

옴마 말귀 알아먹겠냐?

잡동사니꽃들의 수다

마당 가득 흐드러진 잡동사니들 꽃을 피웠다

저들의 반은 아버지 유품들이고
저들의 반은 어머니 애환들이다

녹슨 가마솥
낡은 싸리비
찌그러진 양은냄비
찌그러진 고무다라
찌그러진……,
꽃들이 꽃밭을 일구었다

"나 먼저 갈랑께 자네는 찬찬히 와"
죽어서도 말을 하시는 아버지와
"영감 없이도 잘살 것여……"
살아서도 말문이 막히는 어머니의

손때 먹은 것들이 한데 어우러져 꽃을 피웠다

가마솥꽃

싸리비꽃

양은냄비꽃

고무다라꽃

활짝 핀……,

아버지꽃 어머니꽃

92병동 엔도르핀

병든 골목을 먹어치우다 병이 든 노숙자 씨, 시립병원으로 이송되어 입원 치료 중인데, 병문안 오는 핏줄 하나 없다. 삼시 세끼 챙겨주는 밥조차 성에 안 찼는지, 당뇨합병증으로 인해 곪아터진 발가락을 소독해주는 수련의가 올 때마다 벌러덩 드러누워 곡을 한다

아이고! 살살 좀 문질러라 이놈아, 애먼 사람 잡아다 애말 애인인지 부인인지 조사한다고 밥도 안 주고 나를 죽일 작정여? 여보시오들 사람 잡는 이 병원에서 후딱후딱 나가시오들 먹여주고 재워주던 이 집구석도 나를 쫓아내려고 수작을 부리는디, 오매 참말로 사람 죽겄네 아이고!

오만 엄살을 피우며 오만 우스개를 풀어놓는 노숙자 씨, 곡소리가 기걸스럽다. 병든 골목에서 빠져나와 시립병원 92병동에서 호강살이하는 노숙자 씨, 병실 여기저기 탐닉하며 맨발에 맨손체조로 몸을 다진 덕분인지 걸쭉한 넉살들이 오만 통증을 먹어치운다

췌장암으로 입원 중인

아버지, 가슴팍에

통증 완화 패치를 두 개나 붙이고도 모자라

진통제를 추가하다 말고

배꼽을 빼는

직방의 처방이다

경운기

배창시가 옴칠옴칠 사살 부리는 것이
타작할 때가 되었는갑다

당신 췌장에 싹 튼 게 무엇인지 알아맞히는
아버지, 병상에 누워 애먼 소리만 하신다

무당 씨앗이라고
막 입 댄 막걸리 사발을 빼앗더라는
부잣집 할망구를 능가할 독종이 되고 싶었는지
당신 몸속 깊은 골짜기를 갈아 화전을 일구셨다
애써 농약 뿌리지 않아도 번성하는
독초를 기르고 계셨다
담배 인삼 고추 배추 감자 고구마 도라지, 거둬들인
일곱 곡물들 성화에
아버지 몸 전부를 탐내는
독초를 깔아뭉갰다

끙끙 앓는

아버지, 배꼽 주변에

고름 다랑논 몇 마지기 채워드렸다, 그제야

휴면에 드신다

75년, 논틀 밭틀 길을 다지다

망그러진

36킬로의 농기계!

일궈야 할 땅이 부족했는지

항암제에 취해서도

덜커덩덜커덩

농지정리 하시는

냉이의 육아법

밭두렁 가득 냉이들이 새끼들을 낳았다
꽃 같지도 않은 꽃들을 피워놓고
바람 같지도 않은 바람을 부르고 있다
각각의 새끼들을 꿰차고
세상과 타협하는 법을 일러주고 있다

억수비가 쏟아지는 날은 빗물이 지나갈 수 있도록
뻗었던 팔다리를 오므리라고
구름이 해를 품는 시간은
햇볕의 여운에 따라 체온을 조절하라고
하늘의 수다들이 처박혀 웅덩이를 만들었다 쳐도
간섭하지 말라고
지렁이가 발가락 사이에 스며들었다가
뚱보가 되어 능청능청 떠나더라도
섭섭해하지 말라고

밭두렁 가득 냉이들이 새끼들을 훈육하고 있다
황토 요람에서 깨어나는 새끼들이

어미들의 치맛단을 끌어당기고 있다

어른이 되려면

너덜너덜한 이 겨울을 학습해야 한다는 것은

칼자루를 든 칼바람이 일러줄 것이다

호박고구마

그놈의 농사 다 때려치우고 나한테 시집이나 오시오 잉,
자글자글한 등짝이나 서로 긁어주면서 뒹굴뒹굴 살면 되지
않겠어라우? 영감도 죽고 없는디
— 만만의 콩떡

해마다 가을이면 엄마는 시집을 가십니다
삭신은 호박고구마를 캐고
마음은 둥둥 시집을 가십니다
선친의 유산을 노리는
엄마의 통장을 노리는
영감태기의 틀니를 확 잡아 빼버릴
호박고구마를 캐십니다
까맣게 탄 등허리가
까르륵까르륵 웃는 줄도 모르고
불퉁불퉁 호미질만 하십니다

그놈의 영감태기가 엄마 돈 좀 있는 것 알고 그러는 것여,
그나저나 엄마 시집가려면 까맣게 탄 그 등허리는 어쩔 것

여, 그래갖고 어디 사랑이나 받겠어?

　— 간만의 차이

　이놈의 농사 다 때려치우고 시집이나 확 가버릴란다, 느그
들은 올 때마다 잔소리만 해쌌는디, 옴마 혼자 뭔 놈의 재미
로 살겠냐? 영감도 죽고 없는디

　— 천만의 말씀

수수 빗자루

닳아빠진 수수 빗자루 들다 말고 뒤뜰 고방으로 갔다 거기
에 아버지의 유품이 걸려 있는 것을 본 적 있기 때문이다 낡
은 것들을 고쳐 쓰는 게 생활화된 아버지, 아버지는 저 많은
빗자루들을 만들면서 무슨 생각을 하셨을까 벽에 모셔만 놓
고 간간이 들여다보시며 흐뭇하셨을까

아버지 가신 지 팔 년째, 엄마도 언니도 동생들도 저 빗자
루를 꺼내서 쓸 용기가 없었나 보다 닳아빠진 빗자루를 들다
말고 작정한 내가 새 빗자루 하나를 꺼내는데 수수 빗자루들
이 거미줄을 잡아당기며 입을 여신다

딸내미 왔구나 아버지가 겁나게 만들어놨으니 아끼지 말
고 부지런히 써라

볕뉘 같은 수수 빗자루 하나 받아들었다 뒤뜰도 쓸어보고
마당도 쓸어보고 마음도 쓸어보는데 어머니가 아버지의 논
밭에서 일궈 오신 흙먼지들이 입을 여신다

나는 이제 편안하다 수수떡처럼 살도 오동통 올랐으니 재미지게 살다 오니라

인삼막걸리
― 인삼밭에 누워 계시는 선친께 드리는 독백

아버지는 장날마다 터미널 한 귀퉁이에 서서 저를 기다리셨네요. 중학교 수업을 마치고 귀가하는 제 손을 잡고 허름한 선술집으로 들어가셨네요. 아버지는 막걸리 한두 잔으로 종일 비었던 배를 채우셨고, 덤으로 나온 안주들은 저에게 먹이셨네요.

인삼밭에 누운 지 수년째, 당최 일어나지 않으시는 아버지는 당신 손으로 낱낱이 심어놓고 가신 인삼, 그 인삼들이 손을 탈까 봐 망보는 중이라고요?

따라드리는 막걸리는 제 입에 넣어주시고, 좋아하시던 인절미는 잔디에게 주시면서 묵상에 드셨네요. 흙무덤으로 들어가셔서 흙 속을 살피시네요. 인삼이 제법 살이 올랐다고요?

'농사는 적당히만 지으면 재미나는 것인디, 시는 써서 어디다 팔아먹으려고 그 고생이냐

아버지 생전의 말씀을 삭힌 비를 뿌리고 해를 뿌리면서 인삼을 기르고 계시네요. 뇌성으로 흙을 다지는가 싶더니 바람의 목소리를 빌려서 콧노래를 부르시네요.

올 가을에는 수확해서 누룩에 버무려두었다가 쌉싸래해지면 주거니 받거니 하자고요?

보름달 1

배고프지, 아가?

일일 수업을 마친 해가 귀가를 서두르던 그 무렵이었어요.
터미널 귀퉁이에 서서 보름달 빵을 오물거리던 당신을 보고
말았어요. 막 한 입 베어 먹은 그 빵을 이년 손에 쥐어주셨어
요.

하루치의 허기를 빵 하나로 밀어내려던 당신, 꼬르륵 소리
만 꾸역꾸역 삼켰어요. 장바닥에 쪼그려 앉아 푸성귀를 팔고
계실 때, 이년은 당신이 싸주신 도시락을 먹고도 배가 고팠
나 봐요.

당신 머리에 핀
찔레꽃이 먹고 싶은 이 밤,
당신 이빨 자국을 먹어치운
빵이
저 위,
하늘에 걸려 있네요.

볼따구니가 빵빵한

저 빵,

오십을 훌쩍 갉아먹고도 모자란

이년을 뜯어먹고 있네요.

배부르지, 엄마?

보름달 2

어두워질 때까지 밭일을 하고 집으로 들어가는 길이었어요
보름달이 눈을 똥그랗게 뜨고 우리를 내려다보고 있었어요
굽은 허리를 펴지도 못하는
엄마가 이태백이 울고 갈 만한 시를 한 수 읊어주셨어요

저 보름달은 하나인디
세상 것들을 다 비추고 있다 잉
이 골짜기에도 비추고
너 사는 서울에도 비출 것이고
미라가 사는 미국에도 비출 것이고

엄마, 엄마는 하나인디
새끼들을 다 비추고 있네 잉
영, 영식이도 비출 것이고
분, 예도 비출 것이고
후, 희, 자도 비출 것이고

새벽이 올 때까지 야근을 하고 집으로 들어가고 있어요

보름달이 졸린 눈을 똥그랗게 뜨고

나를 내려다보고 있어요

부은 다리로 빠르게 걸어가는

내가 이태백이 웃고 갈 만한 시를 한 수 읊어드리고 있
어요

개구리 아가씨의 전언

죽어서도 곳곳마다 들것들을 기르시는

아버지랑 막걸리 한잔하고 오는 길목이다

기다렸다는 듯

개구리 아가씨

발치에서

폴짝폴짝 재롱을 떨다

작은 웅덩이 속으로 몸을 감춘다

숨는다고 내가 널 못 찾을 줄 알고?

맹랑한 것, 장화 신은 발로 웅덩이에 고인 물을 걷어내는데

요망한 것, 찾는다고 내가 네 장난기에 넘어갈 줄 알고?

변색을 한 개구리 아가씨

바닥에 착 달라붙어 죽은 시늉을 한다

너는 설 쇠러 안 가니?

내 말을 씹어 먹는다

멀뚱멀뚱, 눈동자만 굴리며 나를 가르친다

상황에 따라서는 이렇게 죽은 척하는 것도 사는 방식이다

숫제

― 당신의 소원을 들어줄 수가 없었어요

내 몸에 칼 대지 말 걸 그랬다

사람이란 것이
'숫제'
아파서 죽는 것이 아니라
굶어서 죽는다는 말이 맞다
병원에 드러누웠어도
'숫제'
밥을 안 주니
살기는 글렀다
딱
일 년만 더 살았으면 좋겠다

내 몸에 손대지 말 걸 그랬다

제2부

저 빈집의 봄

저 빈집, 마당을 쓸어놓은
꽃나무들이 산통을 앓고 있다
키 큰 나무가 팔을 쭉쭉 내뻗으며
키 작은 꽃나무들을 보살피고 있다
철 지난 옷을 갈아입히고
봄볕을 뿌려주고 있다
겨우내 얼어 죽지는 않았는지
꽃눈과 꽃눈들이 실눈을 뜨고
서로서로 깨우고 있다
담쟁이 넌출로 수묵화를 그려서 담장 위에 걸쳐두었던
지난 늦가을의 풍경을 삼켜버린
저 빈집, 몇 년째
사람은 코빼기도 안 보이고
꽃나무들이 부산하다

봄기운이 돌아왔으니 우리도 농사를 지어야 한다고

선인장

　생리대 살 돈으로 콩나물을 사야 했네, 오빠 동생 책가방에 도시락 두 개씩 싸주고 나면 내 아침밥이 없었네, 제멋대로 영근 알밤을 툭툭 던져주던 자취집 뒷마당의 밤나무가 되고 싶었네, 막 피어오르는 젖 몽우리가 울컥울컥 삐져나왔네

　산을 첩으로 둔 남편 없는 시간들이 물컹거리네, 뱃속의 애지중지가 보채던 사과 하나 못 사준, 그날의 기운이 명치에 걸려 있네, 주워 온 신발장이 눈을 찌르네, 아줌마로 개명한 뒤, 못질만 늘었네

　애지중지들 학원비가 우선인 지금, 자라다 만 내 안의 소망들이 바동거리네, 술과 노닥거리다 새벽에 들어온 벌건 눈동자를 째려보는 날은 토악질을 해댔네, 항우울제 며칠분을 단번에 삼켰는데도 잠이 오질 않네

　내 관심 끊어진 화초들처럼 온몸이 시들거리네, 몽롱한 새벽, 면도날이 눈앞에서 얼쩡거리네, 격리병동에 나를 가두어야겠네, 하늘이 주는 물을 쿡쿡 찔러봐야겠네, 아니 내 몸의 가시들을 뽑아 달여 먹어야겠네

담소(談笑)

비와 눈을 버무려서 내려주던 하늘,

하늘이 반짝 웃어주고 가시네요

꿩들이 후두두둑 자리를 비켜주던데요 당신의 집 앞마당 묵정밭에다 꿩들은 언제 저렇게 놓아 기르셨대요 입고 계신 그 옷은 비단옷이에요? 눈이 부시네요 엄마는 내일 저랑 같이 일산 큰아들 집으로 설 쇠러 가요 당신도 그리 오셔서 차례 같이 지내요 당신 좋아하시던 잡채는 이따 만들어서 윗목에 차려놓고 갈게요 친구들과 막걸리 한잔 더 드시고 오세요

웃고 즐기면서 이야기를 들어주신 당신,

당신이 살짝 웃어주고 가시네요

아이스크림

어제는 간식으로 아이스크림이 나왔어요, 기절할 뻔했습니다. ㅎ 각개전투 훈련 중 다친 무릎은 점점 더 부어오르고, 행군할 때 생겼던 발바닥 물집은 좀 전에 터졌습니다. ㅋ 화장실은 두세 명이 함께 다니고요, 밥은 듬뿍 찬은 쪼끔인 짬밥이 아주 달달합니다.

훈련병 아들이 편지를 보냈어요, 기절할 뻔했습니다. ㅎ 계사년이 데리고 온 한파는 기세당당하고, 합쇼체와 해요체가 잘 버무려진 얼음과자가 달달합니다. ㅋ 신병훈련소 입소 후, 사람이 되어가고 있다는 아들 녀석의 너스레가 아주 달달합니다.

동백꽃

잔설이 버리고 간
낭설을 베낀
동백꽃이 엄살을 부려

피야 뭐야 피야!

살짝 미끄러졌는데
무릎이
벌건 동백꽃을 피워

필까 말까 피자!

화분 속의 그녀

혀를 차며 듣고 있던 나는 애먼 모기만 쳐 죽였지

그 인간은 나를 갈구며 패대는 게 끼니였지
작은 방으로 피한 새순들은 지들끼리 엉겨 붙어
서로의 귀를 막아주고 있었지
입을 틀어막은 나의 주먹은 끽소리도 못 냈지
영문도 모르고 그렇게 십 년을 버티다
먹먹해진 나는 죽어라고 도망쳤지

불안과 공포를 먹고 자란
새순들은 가시나무와 선인장이 되었겠지
그것들이 어미를 찾아오는 날
가시들로 차려진 밥상 앞에서
서로의 상처들을 다독거려야겠지 그럴 수 있는
거처 한 채 장만하는 그날까지
술 냄새 풀풀 풍기며 살아야겠지

집들이 선물로 들어온 로즈마리가 분 냄새 풀풀 터트리고
있지

솎아내다

빼곡히 뿌리내리던 메밀 싹들을 솎아낸다
발 디딜 틈 없어
왔다가 그냥 가는
햇볕이 쉬었다 갈 자리를 내어준다
팔 뻗을 틈 없어
왔다가 그냥 가는
바람이 쉬었다 갈 자리를 내어준다

여백과 여백을 잇는 길이 훤해졌다

살아남은 것들이 뜯겨나간 것들을
뜯겨나간 것들이 살아남은 것들을
묵묵히 서로를 달래주고 있다
빼곡히 뿌리내리던 잡념들이 사라졌다

지켜보던 침묵이 입을 연다

뜯기거나 뽑히거나 살아남았거나
나 살자고
너를 솎아낸 적 있다

횡설수설

요상한 말을 타고

오시네요, 당신

말로 그림을 그려달라고

조르시네요, 당신

말 닮은 애송이를 구해달라고

억지를 쓰시네요, 당신

신바람이 울고 갈 만한

시를 쓰고 싶다고

우기시네요, 당신

쉼표 하나를 넣었다가 뺐다고

사족을 다시네요, 당신

행과 연을 뒤엎다가

신열을 앓았다고

없는 시어머니 흉을 보다

뒤가 구렸다고

없는 말을 만드시네요, 당신

송사리 떼 백일장

자체가 붓꼬리와 유사한
저 양반들
고만고만한 몸들이 어울려
백일장을 치르고 있다
이리 획,
저리 획,
거침없이 저술하는
개울원고지가 딸꾹질을 한다

큰물에는 절대 끼지 않는
저 양반들
고만고만한 몸들이 창작한
시서(詩書)가 우열의 법칙을 깨고 있다
네 것이 내 것,
내 것이 네 것,
산그늘심사위원이 덮어쓰고 있다

붓꼬리들의 뒤풀이가 화기애애하다

치매

스물일곱 살이라는
노부가 살던 대흥사 근처 마을 뒷산에는
취나물도 도토리도 겁났다는데
아들 내외 덕분에 호강한다는데

계신 곳이 어딘지 알기나 하는 것일까?

대기업에 다닌다는
아들 저녁밥 해주러 가야 한다고 보채는
노부께 떼를 썼다

시설에 떠맡기고 발길 뚝 끊은
아드님 자랑 좀 그만하세요, 라고
입바른 소리를 하려다가
도토리묵 쑤는 법 좀 알려주세요
취나물은 어떻게 볶아요? 라고
엉뚱한 질문을 미끼로
손상되지 않은 노부의 신경세포들을 어림잡아

지져 먹고 볶아 먹다가
깜빡 젖어버린
노부의 기저귀가 묵직하다
아랫도리가 물컹하다

노부를 재우고 집으로 왔는데
늘 보았던 거울 속의 얼굴이 누구인지 가물가물하다

학

사람 냄새 먹어치운 잡초들의 안내에 따라
낯선 집을 훑어보는 중이다
창살문 고리를 흔드는
퀭한 눈망울이 셔터를 누르고 있다
철컥, 당황하는 인기척에도 온기가 돈다
고개만 무겁게 끄덕여주고 이내 천천히 몸을 눕히는
할아버지, 홀로 먼지가 되는 연습을 하고 있다
'너처럼 나도 곳곳을 배회한 적 있었지'
가누지 못하는 몸을 감싸 안은
솜이불이 대신 말을 건넨다
맞은편 창살문을 뚫고 들어온
오뉴월 뙤약볕이 따끔하다
지붕 위로 올라선
잡초들이 하늘을 두드리고 있다
까꿍, 저 둥지에서 한때
새끼들을 품고 어깨춤을 추었을
할아버지, 홀로 문드러지고 없는 날개를 추스르고 있다
마을 이장이나 간간이 들러볼 것 같은

센 깃털 몇 가닥

목욕은 하셨는지

녹슨 세숫대야가 잠방잠방 빗물을 받아놓고 있다

안방으로 달려간 거미줄이 삼베옷을 찾고 있다

군위군 금매리 마을 뒷산에 군락을 이룬

학, 무리들이 항라 저고리를 다소곳이 차려입고

큰상을 차리느라 동서분주하다

정선, 물매화

양념장과 어우러져서 집 나간 입맛을 끌어당긴다는
곤드레 비빔밥이거나 강냉이묵이거나
메밀 면발이 콧등을 치고 달아난다는
콧등치기 국수이거나
낭창낭창한 산자락의 기운을 움켜쥔
감자 붕생이 밥이거나
황기 백숙이거나 족발이거나 보쌈이거나

사람들과 어우러져서 집 나간 흥을 끌어당긴다

시인이 창을 남발하거나
가수가 춤을 불러내거나
춤꾼이 술을 거절하거나
선녀가 향을 풍겨대거나
선남이 기를 싸지르거나
바위가 묵상에 들었거나
붓끝이 시를 갈겨쓰거나

덕산기 계곡으로 스며든 물매화가 바람들을 끌어당긴다

고시촌의 봄

누가 또 사법시험에 떨어졌나 보다

신림동 고시촌 초입
민들레 한 송이가 노란 똥을 싸놓고
엄마를 부르고 있다, 그 옆
제비꽃 한 송이가 매니큐어를 하고
보라색 손톱을 치켜세우며 자랑하고 있다, 그 옆
이빨 자국이 선명하게 박힌
담배꽁초로 보이는 한 사람이 쓰러져 있다
저이도 한때는 팍팍 솟아오르는 기운으로
땅땅 동료들에게 큰소리를 쳤을 것이다, 달달
법률 서적들을 외웠을 것이다
수입 농산물로 차려진 싼 밥집을 찾아, 고시촌
골목골목을 뒤졌을 것이다
담배꽁초로 보이는 한 사람의 봄은 가고
고시촌의 골목은 다시
봄꽃들이 땅땅거리고 있다

누가 이참에 사법시험에 합격했나 보다

아우라지 처녀상

처녀로 죽어서라도 낭군님을 기다리다 보면
낭군님 손 잡고 싸리골 골짜기로 들어갈 수 있을까요
검누렇게 멍든 동백꽃을 따서
그날 못 받은 정표를 지금이라도 주고받을 수 있을까요

송천과 골지천이 합방하여 낳은 새끼들은 어우러지고 어
우러져서 대대손손 맥을 이어가는데요 낭군님과 나, 우리 사
이를 가로막은 강물 또한 어우러지고 어우러져서 구경꾼들
을 불러들이는데요 우리 사랑을 시샘한 그날 밤의 폭우는 백
발이 된 지금도 혈기왕성한데요 나룻배는 구경꾼들의 발목
을 붙잡았다 풀어줬다 장난을 치는데요

섭섭하지, 돈 많은 늙은이의 눈길을 피해
강물 속으로 숨어버린 처녀야!
떼돈에 눈이 멀어서 뗏목 타고 떠났다는
낭군님은 뒷소문만 자자한데
동백은 올봄에도 하객들을 불러놓고
한드랑한드랑 사랑가를 부르는데

애가 타지, 스쳐 지나간 사랑의 꽃을 피우기 위하여
동상으로 환생한 처녀야!

섶다리와 징검다리가 애가 타서 종종 그쪽을 건너갔다 와
서는 눈치껏 아라리를 흥얼거리는데요 귀신이라도 다녀가시
라고, 정선 사람들이 정을 모아 여송정을 지어주었는데요 여
량과 가구미는 오랜 세월이 흐른 지금도 아우라지 강물로 담
을 쌓고 어우러질 낌새가 보이지 않는데요 백발이 된 그날
밤의 폭우는 죽어서도 앙탈을 부릴 텐데요

처녀로 굳어서라도 낭군님을 기다리다 보면
낭군님 손 잡고
아우라지 강물을 불러 모아 아라리를 부를 수 있을까요
가슴에 박혀 있는 잔자갈들을 꺼내서
물수제비를 끓여드릴 수 있을까요?

밤꽃의 사설(私說)

들락거린 지 오래된 우리 집 바깥양반이 어디서 어린 딸을 데리고 들어왔다 오래전, 내 곁을 떠나야만 했던 그 딸이 아닌 것은 분명하다 (눈치만 살피는) 바깥양반 앞에서 나는 아무 말도 하지 않았다 다만 심장이 우측으로 쏠리는 것 같아서 책상에 삐딱하게 기대어 섰다

어디다 뿌렸던 씨앗일까

오만 상상을 뿌리치고 바깥양반의 딸을 데리고 안방으로 들어왔다 지금부터 내가 네 엄마다 이제부터 너를 '습작'이라고 부르겠다 엄마의 양육이 제대로 먹혔을 때, 너를 '졸작'이라고 개명할 것이다 (주눅을 몰아내고) 고개만 끄덕거리는 습작에게 목욕을 시키고 밥을 먹이고 이불을 깔아줬다

이놈의 심사를 어디다 베껴둘까

단잠 든 습작이 옆에 누워 수작을 부린다 습작이의 머리를 쓰다듬어본다 까칠한 얼굴에 로션을 발라본다 (내일은 손 잡

고) 시장을 다녀올 것이다 바람둥이 아빠를 닮지 않아서 다
행인 '습작'이 '졸작'으로 성장할 때까지

　나는 지금처럼 밤꽃 향기 맡고 달려드는 벌들과 옥신각신
할 것이다

에로영화 감상 후기

홀딱 벗은 감나무와 허공을 배경으로
까치 두 마리
에로영화를 찍고 있다

지지배야 머시매야

우리 서로 이렇게 마주 보고만 있어도 좋아!
오작교 보수 작업 하기 전
신방부터 차리자
아기는 우리 처음 통했던 그곳에서 낳을까?

재잘대던 농담들은 묵은 가지 위에 걸쳐놓고
간격을 두고 마주 보고 있다
서로의 눈총을 겨냥하고 있다

홍등 대여섯 개 걸어놓은
감나무 가지들이
허공의 혀를 끌어당기며

풍문을 핥고 있다

감독도 조연도 필요 없는
저들의 몸짓 대사들이
시놉시스를 먹어치운다

홀딱 벗기지 않고도
관객들을 흥분시키는
내러티브

제3부

홍제천 백로

청나라에 끌려갔다 돌아온 '환향녀'라고
버림당한
우리는 그때도 여기 홍제천에 숨어서
그들의 냄새를 씻어냈네

홍제천에서 몸을 씻으면 환향녀의 과거는 불문에 부친다

인조의 묘안도 소용없었네
자결하거나 이혼당하거나
가눌 곳 없던 여인,
여인들이 여기 홍제천에 숨어서
그때의 치욕을 씻어댔네

그날의 한이 뭉그러져서
백로로 환생한
우리는 지금도 여기 홍제천에 숨어 살고 있네
물 위를 뛰어다니는 레퀴엠을 쪼아대며
그날의 기록문을 쓰고 있네

굴뚝새

스타는 무슨 스타 연기처럼 피었다 구부러지면 그만이지

콧방귀만 뀌어대는
굴뚝, 굴뚝
난간에 새집 지어 살고 있는
새들이 날개를 흔들어주네

지면에서 1.5미터 이내의 높이에 틀었던 둥지를 빼앗기고
텃밭까지 빼앗긴 텃새 두 마리, 비상식량을 매단 밧줄을 올
려주는 동지들에게 손전등 불빛을 내리비치며 흔들어주네
지면에서 75미터 높이의 굴뚝 난간에 목을 내걸고 간청하네

돌려다오, 둥지!
살펴다오, 가족!
돌려다오, 날개!

영하 20도를 오르내리는
한파, 한파

이목구비 딱 감고 닫고

콧방귀만 뀌어대네

파인은 무슨 파인 방수 원단처럼 눈비를 걷어차면 그만
이지

가시엉겅퀴들의 겨우살이

까치르르한 가시가 웅크리고 있는 이곳은 겨울

우후죽순처럼 모여 앉은 민초들이 희망가를 부른다
삶의 터전은 딴 나라가 먹어치웠고
문제를 해결하겠다던 약속은 입을 꽉 다물었고
어린 순은 개미 떼가 먹어치웠고
곧추섰던 줄기는 해충들이 먹어치웠고
폭설이 먹어치운 꽃잎은 형태도 없이 사라졌다

아플 짬도 없이 멍든 몸서리가 살고 있는 이곳은 겨울

빼앗긴 꽃잎과
빼앗긴 줄기와
빼앗긴 어린 순을 되찾기 위하여 우리는
천막을 치고
발버둥을 친다

뿌리내릴 곳을 빼앗긴 가시들이 주먹을 불끈 쥐고 있는

이곳은 겨울

가시들은 오늘도 헛짓 아닌 헛짓을 한다
헛발질을 하고 헛구역질을 하고 헛손질을 한다
헛디딘 뿌리를 움켜쥐고
헛헛한 거리에서 헛잠을 청한다

반지르르한 가지가 꽃을 피우고 있는
저곳은 봄

노랑과 빨강의 연대

오이 넌출들이 팔다리에
'노란 리본'들을 달고
세월호 광장으로 달려가고 있다

노란 리본에 달라붙은
무당벌레 몇몇,
'사드 반대' 붉은 띠를 동여매고
성주 소성리로 달려가고 있다

상보적 관계로 똘똘 뭉친
노랑과 빨강이 한데 어우러져
팔팔 팔뚝질을 하고 있다

고물

어깨가 들쑤셔서 의사에게 물었더니
'고물'이라서 그렇단다.

허허, 고물이라니!

톡톡 키득키득 톡톡 키득키득······,
체외 충격파 물리치료기가 호탕하게 웃는다.
어깨가 히득거린다.

고물 장수한테 넘길 수도 없고
폐기 처분할 수도 없는

고물이라니, 허허!

의사가 들쑤셔서 어깨에게 물었더니
'고물' 아니라고 툭툭거린다.

중덕, 구럼비 바위의 단서(丹書)

　내 허리춤에 붙어 있는 수중 절벽과 그 일대를 강정마을 사람들은 '중덕'이라고 하지 '물속으로 뻗은 수직 절벽'을 제주 사람들은 '덕'이라고 하지 덕을 아는 사람들의 반대에도 불고하고 깨부순 내 몸뚱이는 해군 기지가 먹어치웠지

　작살당한 나는 그저 할망물, 물터진개 등의 용천수로 젖을 만들어 새뱅이, 맹꽁이, 다슬기, 덤불지, 송사리, 장어, 붉은 발말똥게, 기수갈고둥, 따개비, 거북손, 홍합, 삿갓조개, 참소라, 팥게, 동남참게 등등의 어머니였지 4 · 3 유격대와 토벌대를 피해 온 주민들을 틈새마다 숨겨주던 아버지였지

　흉조를 예감했던 나를 묵묵히 지켜보던 한라산이 야생초와 야생화들을 내려 보내주었지 방심한 내가 해군 기지를 제물로 바칠 수 있다는 것을, 그들은 모르지 삼만 년 역사가 그대로 새겨 있는 나는 아직 죽지 않았다는 것을, 그들은 모르지

　강제 수용 절차에 휘말린 강정마을 농어민들과 나는 아직

두 눈 시퍼렇게 뜨고 있다는 것을, '물속으로 뻗은 수직 절벽'
또한 두 눈 시퍼렇게 뜨고 있다는 것을, 연산호와 남방큰돌
고래들은 알고 있지

비보(悲報)

날짐승의 횡포와 맞서다 여기
공원 묘지에 세 든
나는 한때 자본가의 멱살을 움켜쥐다 나자빠진
노동자였지

비루한 정부를 향해서 비장한 각오로 대응했었지 집회를
마친 동료들과 소주잔을 기울이다 온 날은 갑갑하던 속이 시
원했었지 쥐도 새도 모르게 잡혀간 이후 소식을 모르겠다는
선배 이야기를 듣던 날은 분통이 터졌었지

간신히 뻗은 두 다리를 스스로 오므릴 수 없는 나는 지금
가만히 누워만 있어도 봉분 밖 소식들이 들려오지 산 자들이
가끔 와서 따라주고 가던 술맛은 잊어버린 지 오래되었지

소나기 한바탕 휩쓸고 지나가더니 사방이 뒤숭숭해졌지
때때로 찾아와서 살펴주던 바람이 내 비석에 붙은 비보(悲報)
를 읽어주고 갔지

위 묘소는 관리비가 미납되었습니다 조속히 납부하여주시
기 바랍니다

　　군데군데 파헤친 흔적이 우중충하게 남아 있는
　　저기 저 공터들처럼
　　나 또한 공허하게 쫓겨나야 할 판국이지

　　죽어서도
　　날짐승의 횡포에 끽소리 못 하는
　　나는 민주열사가 아닌
　　특3-01075 녹초일 뿐이지

날아오르다, 홀씨

척박한 세상이지만 알록달록 뿌리내리고 싶은

홀씨들이 10층 건물 옥상으로 날아올랐습니다. 고공 단식 농성에 돌입한 지 수십 일째, "노동3권 쟁취하자!" 외칩니다. 먼지와 소음들이 달려와서 응원가를 불러줍니다. 물과 소금이 어지럼증과 싸우고 있습니다.

오뉴월 땡볕처럼 끓는 가슴으로 천막 농성을 할 때나, 촛불집회에서나, 공약만 앞세웠던 전직 수장들이나, 19대 대선 주자들이나, 자본가들이나……, 노동자공동투쟁위원회 홀씨들의 말을 건성으로 듣습니다.

비정규직 철폐하라, 정리해고 철폐하라, 노동악법 철폐하라!

목청을 찢는
꽃, 꽃들을 내려다보며 손을 흔들어주는
홀씨, 홀씨들이 지상 40미터 높이의 광고탑 철제 구조물에

아등바등 걸려 있습니다.

저기 저 높은 난간에서 등걸잠*을 자고 있습니다.
복직통지서를 얼싸안고
어깨춤을 추는 꿈을 꾸고 있습니다.
막 지은 밥 한 그릇 뚝딱,
주린 배를 채우는 꿈을 꾸고 있습니다.

절박한 세상이지만 움찔움찔 뿌리내릴 줄 아는

* 등걸잠 : 옷을 입은 채 아무것도 덮지 아니하고 아무 데나 쓰러져 자
  는 잠.

피꽃

— 소녀상의 눈물

막 피기 시작한
꽃, 꽃들이 있었네
그 꽃들을
갈기갈기 물어뜯은
개, 개들이 있었네

군홧발에 차이다
하늘이 된 꽃
도망치거나 저항하다가
끓는 물이 된 꽃

……죽어서도 아물지 않을

상처들이 덧나서 진물을 흘리는
꽃, 꽃들이
피지도 못하고 피눈물을 흘리네

먼 나라의 먼 이야기라고

전쟁이 낳은 상흔이라고
엔화 몇 푼에 묻어버리자고

노망 들어 똥오줌 못 가리는
개, 개들은 짖어대고
피기도 전에 짓밟힌
꽃, 꽃들이
피 묻은 꽃대를 밀어 올리네

촛불바다

나는 그저 니코틴처럼 고리타분한 냄새를 정화시키는 촛불일 뿐이네

간이 배 밖으로 튀어나온 무법자가 국정을 농단했네, 암탉 한 마리가 넋 나간 수컷들을 농락했네, 촛불혁명이네, 따위의 말도 아낄 줄 아는 촛불일 뿐이네, 부처 예수 천신 지신……, 신들께 올리는 촛불, 조상님들 제사상에 올리는 촛불일 뿐이네

어이없는 정치드라마를 보다가 속이 이글거려서 광장으로 뛰쳐나온 국민들이 바른말을 외칠 뿐이네, 아빠의 무릎 위에 앉아서 '퇴진하라!'를 따라 외치는 어린 것의 눈망울 같은 소망들이 다닥다닥 붙어 앉아 바다를 이루었을 뿐이네

폴리스 라인 경비정에 갇힌 파도들이 성난 살갗을 자가 치료하는 바다, 살기 위해 버럭버럭 기를 쓰다 다시 순해지는 바다, 억울하게 희생된 영혼들의 눈물이 비가 되어 눈이 되어 한이 되어……, 어정쩡한 대통령을 탄핵하기 위해 애간장

을 태우는 바다, 그런 바다가 되었을 뿐이네

　바다가 된 우리는 그저 폭풍이 잠든 쪽으로는 기침도 하지
않는 촛불일 뿐이네

더부살이꽃

저 편할 때만 다녀가는
나비, 나비 덕분에
꽃이 되었네

시도 때도 없이 염탐하는
나비 덕분에
시리다는 말도 못하고 가슴에서만 피는
꽃, 그런 꽃이 되었네

거지도 동냥을 하려면 자동차가 있어야 하는
더부살이 세상에서
더불어 살아야겠기에

나 불편할 때만 다녀가는
나비, 나비 덕분에
꽃이 되었네

시도 때도 없이 스며드는
유충 덕분에

암술과 수술의 교접을 막으려다 지친
꽃자루의 혈관을 터트려놓고 겉웃음을 치는
꽃, 그런 꽃이 피었네

시든 국화의 비가(悲歌)
─ 한광호 열사의 전언

기도가 막혀서 숨을 쉴 수가 없었네.
그 기도를 허공에 매달았더니
숨 쉬기가 편안해졌네.

나는 이제, 자본가에게 짓밟히다 쫓겨난, 마흔두 살의 노동자가 아닌, 스물 두 살의 새내기 노동자로 되돌아가는 중이네. 굳어버린 내 혀가, 노동자 탄압, 노조 파괴, 부당 징계 등등의 단어들을 잊어버리라 하네. 야근, 주간 연속 2교대에게 빼앗긴 단잠이나 편안하게 자라 하네.

거리에서, 고공에서, 공장에서 투쟁하는 노동자들이여! 공권력 투입도 정당화되는 민둥산에 그대들을 두고 떠나는 나를 안아줘서 고맙네. 내 손으로 풀지 못한 숙제는 그대들과 함께 풀어야겠네. 몰래카메라를 달지 않아도 권력가들의 언행을 감지할 수 있는 혜안(慧眼)을 불어넣겠네.

시든 나의 육신은 이제, 저 하늘의 유성(流星)으로 새롭게 태어나는 중이네. 구린내 풍기는 현대에서 이탈하여, 청량한 천상으로 이직(移職)하는 중이네. 무차별 임금 삭감, 폭력 탄압, 직장 폐쇄 없는, 정규직 노동자 입사시험 합격통지서가 저만치 앞장서고 있네. 그대들에게 떠맡긴 잔업을 완수하는 날, 하늘 한번 올려다봐주시면 고맙겠네.

막혔던 기도가
소낙비를 생산하고 있을 것이네.
굳었던 내 혀가
승리의 노래를 부르고 있을 것이네.

무릎의 신경질

그만 좀 싸돌아다니지?

쑤군쑤군
쉰 무릎이
쑤군거린다

물어물어 전문의에게 물어봤다
무릎이 고름을 기르기 시작했단다

정신없이 걸었을 뿐인데
관절염이라니, 오진이야!

쉰 주둥이가
따발총을 쏘아댄다

따질 건 따져야 해
운동해, 정진이야!

총알도 안 먹히는

전문의가

주사기를 쑤셔댄다

무릎이 고름을 기르다 말고

물컹물컹

신경질을 부린다

그만 좀 찝쩍거리지?

형어(形語)

　뇌졸중에게 몸을 빼앗긴 자신의 꼬락서니가 보기 싫었던 쉰셋의 그녀가 혀를 깨물고 핏물을 흘리는 모습을 종종 보았다는 그녀의 가족들이 (그녀의 혀와 앞니를 말고 뽑고 해야 무사하다는) 의사가 제시한 동의서에 서명을 했다는……, 어쩔 수 없이 그녀를 장기 요양 시설에 맡기기로 했다는

　그녀의 혀가 동면에 든 뱀처럼 똬리를 틀고 있다
　앞니 두엇 뽑혀나간 자리가 가무댕댕하다

　입을 쩍쩍 벌리며 앙앙거리는 게 전부인
　그녀의 몸짓언어를 해독하는 데 며칠이나 걸렸을까?
　아아아 앙……,
　그녀가 또 신호를 보낸다

　"왜, 변기에 앉혀달라고? 휠체어 태워달라고? 가래 빼달라고?"

　뒤틀린 몸을 비틀며 앙앙거리는 그녀에게 눈총을 쏘아대

는데 그녀의 한쪽 손이 느리게 발을 가리킨다, 양말을 벗겨
주었다, 평소보다 더 큰 소리로 앙앙거리는 그녀가 눈시울을
적신다, 그나마 오그라들지 않아 다행인 그녀의 한쪽 손이
창문을 가리킨다,

　　그녀의 손짓으로 나타내는 의사 표현을 독파한
　　나는 지금 창문을 열어야 한다
　　내리퍼붓는 눈송이가 굵직굵직하다

탄핵촛불

네가 완전히 꺼질 때까지
우리는 절대 꺼지지 않아

너와 네 측근들은 하나 둘 셋……,
숫자에 불과하지만
우리는 십만 백만 천만……,
수만 수천의 민중들이야

304명을 수장시킨 그 시간에 수장은 무엇을 했는지
변명 따윈 필요 없어
성형시술을 했든 딴짓거리를 했든 상관없어
수장이 위헌을 밥 먹듯이 했으면
녹을 먹는 사람들이
국사는 뒷전이고 뒷돈이나 받아 처먹었으면
우리가 든 촛불들은 유유히 번지고 번져서
너와 네 측근들을 모조리 불태워버릴 것이야

너와 네 측근들이 완전히 꺼질 때까지
우리는 절대 꺼지지 않아

사랑니

오실 때도
속을 썩이시더니
가실 때도
속을 확 뒤집어놓은
당신,

머물던 자리에
핏덩이 푸짐하게 물려주신
당신,

쓰잘머리 없이 살다 가는 이승이지만

괜찮았다
빈자리에 바람 들이지 마라
하신 당신,

가신 그곳은 어떤가요?

현호색
— 남한산성의 봄

신유, 기해박해 때
죽은 천주교 신자들의 넋이 꽃으로 피어났다

남한산성 시구문 밖,
현호색 꽃들이 봄을 밀어올리고 있다
연한 홍자색 입술들을 실룩거리며
시체들을 내보내다 기절한
낡은 그늘들을 다독이고 있다
늙은 습기들을 다독이고 있다
뒤꽁무니에 숨겨놓은
꿀주머니들이 게으른 겨울을 걷어내고 있다
앉은부채, 청노루귀들이 이사 간 흔적들을 지우고 있다
부지런한 봄기운들이 달려들어 거들고 있다
비릿한 과거사 정리를 마친
비옥한 현대사 주인들
현호색 꽃들이 주둥이를 뻐끔거리며 진혼가를 부르고 있다
여승의 피 묻은 속옷 같은,

3배 9고두를 올린 인조의 이마가 흘린 눈물이

봄으로 피어났다

제4부

북을 주며*

고추밭 고랑에 쪼그려 앉은

엄마는 고추 모를 심고

고추밭 가상에 퍼질러 앉은

나는 해찰이나 하고

엄마 손에 들린 호미는 말을 잘 듣고

내 손에서 저만치 나동그라진 호미는 말을 안 듣고

옮겨 심은 고추 모가 시들기 전에

북을 먼저 주고 물을 줘야 된다고

물을 주려면

경운기를 틀어야 된다고

하늘이 되신 아버지는 헛기침만 하시고

엄마도 나도 여태

경운기 틀 줄은 모르겠고

엄마 허리도

내 허리도

비가 올 확률 0퍼센트라고 쑤군거리고

땅거미는 밀려오고

고추 모는 점점 고개를 숙이고

* 북을 주다 : 흙으로 식물의 뿌리를 덮어주다.

춘파(春播)

— 2010년 4월

췌장 두부에 스며든
암 덩어리를 패대기치느라
걷지도
먹지도
못하던
아버지를 건땅에 심었다

이천 원짜리 국밥 한 그릇도 벌벌 떠시더니
이십만 원짜리 병실에서
이승과 저승의 벽을 넘나들더니

기저귀 차고 누워서도
"고추 모종한다, 씨나락 뿌린다, 인삼밭이 손을 탔다"
일만 하시더니

암, 암, 아아아!
입도 못 다물고
가셨다

쉬, 쉬, 쉬이이!

바삭 잘 영근
아버지를 받아먹은
차진 땅

꽃이란 꽃들 죄다
피워놓고
희희덕거린다

고추

이 작다란 고추로 그렁그렁 고추 농사를 지으셨다니
이 작다란 몸으로 그렁그렁 새끼 농사를 지으셨다니

투병 중인 아버지의 기저귀를 갈아드리는데
아, 벌겋게 익어버린 아버지의 고추가 헐어 있었다
저 거룩하신 고추에
이 지저분한 손을 댈 수가 없었다
분무기로 물을 뿌려가면서
상처 부위를 씻어드리고 약을 발라드리는데
'쓰리다 쓰려 아야 쓰리다고……,'
죽어가는 아버지의 목소리가 고추보다 매웠다
그 목소리가 지금도 뼛속 깊이 살아 있다

하늘병원으로 췌장암 치료받으러 가신
아버지는 지금도 고추 농사를 지으신다
'야들아, 여그서는 누워만 있어도
고추가 주렁주렁 열리는디 말여
할망구 혼자서 겁나게 부대낄 것인디

니들이 좀 들락거려야 쓰겄다'
바람의 입을 빌려
새끼들을 불러 모으신다
단비와 햇볕을 적시에 뿌려가며
고추 농사를 지으신다

저 커다란 고추로 주렁주렁 고추 농사를 지으시다니
저 커다란 몸으로 주렁주렁 새끼 농사를 지으시다니

고수

고수들만 상대하는 나는 진정한 고수야

봄보다 먼저 나와서 봄바람과 맞장을 뜨다가
여름 한철 밥풀때기 같은 꽃대를 밀어 올리다가
가을 서리가 오는 모습을 간섭하다가
겨울이면 영락없이 땅속으로 스며들어
동면에 드는
나의 시조는 미나리야
맛, 향, 효능 다방면으로
나보다 월등한 고수 있으면 나와봐
습기를 사랑하고
잡내를 쫓아내는
나의 향기는 담이 아니라 낯가림이야
묵상에 든 선승처럼
앉은자리에서 꼼짝도 않다가
나의 습성을 감지하는 고수를 만나면
뿌리까지 줘 버리는
'빈대풀'이라 불러도 좋아

빈대 향기를 피워놓고

빈대떡을 부쳐 먹어도 좋아

고수들만 좋아하는 나는 진정한 고수야

두근두근, 비행기

두근두근, 나를 타고 날아가!

날아가서 만나

'바르게 자라줘서 고맙다'

육감과 통증이 번역을 해줄 것이야

말귀를 못 알아듣거든 젖가슴을 내밀어

기억을 더듬은 구강이 말문을 열 것이야

'I am so happy. Thank you looking for me'

말귀를 못 알아들은

이쪽은 금요일 새벽 3시 30분

이쪽 말을 못 알아듣는

저쪽은 목요일 오전 11시 30분

16시간이 빠르거나 느린

금요일과 목요일을

내가 만나게 해줄게

하늘과 바다가

축문을 써줄 것이야

두근두근, 나를 타고 다녀와!

바다갈매기

라 호야 바닷물이 짭짜름했다
'바다갈매기'
모국어를 가르쳐주는 나의 웃음소리가 짭짜름했다
'seagull'
영어를 가르쳐주는 너의 웃음소리가 짭짜름했다
'삼십 년 만의 모녀 상봉이 엊그제였는데 벌써 삼 년째라니!'
허풍을 떨어대는 파도들의 박수갈채가 짭짜름했다

커다란 비행기를 타고
작다란 엄마가 왔다고

친구들을 불러서 자랑을 해대는
seagull이거나
바다갈매기이거나

라 호야 해변에 정착한 너를 두고 되돌아온
나는 오늘도
너 있는 곳으로 날아가기 위해 마시는
서울의 수돗물이 짭짜름하다

카약

바다에 들어가려면 겹겹으로 적혀 있는
파도의 문장을 읽을 줄 알아야 한다

처음 잡아본 노가 파도들을 불러들였다
첫 번째 파도는 간지러웠다
두 번째 파도는 그럴듯했다
세 번째 파도는 소스라쳤다
네 번째 파도는 자지러졌다
다섯 번째 파도는 무시무시했다
무시무시한 파도가 코앞에 나타나는 순간
당황한 근육세포들이 거동을 멈췄다
노는 바다가 삼켜버리고
카약은 발라당 뒤집어졌다
입도 못 다물고 바닷물에 빠져버린
나는 마냥 허우적거렸다
'카 악 카, 카 악 카……,'
이목구비로 쳐들어오는 문장들이 황당했다
구명조끼가 수면 위로 올려주기를 반복했다

여섯 번째 파도

일곱 번째 파도

파도, 파도들이 겹으로 몰려와

나를 해변으로 내쫓았다

쫓겨난 나는 애꿎은 모래들만 밟아댔다

저만치 수평선에서 아른거리다 되돌아온

아들은 선잠 든 바다의 풍광이 가관이었다고 전해주었다

카약(kayak)을 타려면 겹겹으로 닫혀 있는

파도의 문을 열 줄 알아야 한다

파도 발자국

물 따라 길 다녀간 것인지
길 따라 물 달려간 것인지

파도들 들락거리는
산타모니카비치
발자국들 선명하다

모래 훔치러 파도 달려간 것인지
파도 훔치러 모래 다녀간 것인지
발자국들 발랄하게 판화 그린다

그리면 지우고
지우면 그리고
지우개가 파도인지
파도가 지우개인지

철새들 들락거리는
산타모니카비치

발자국들 길 문 연다

길 따라 물 드나들 것인지
물 따라 길 드나들 것인지

샌디에이고의 노을

토르말린 서핑 파크
저녁 5시 55분
해가 바닷물 속으로 퇴근했다

해를 태워다 준 구름들이
해가 머물다 간 빈자리에
수채화를 그려서 걸고 있다

서울에서 날아온 해와 구름에게
노을을 선물하는
그녀의 볼이 선홍빛이다

해, 구름, 그녀
각자의
아버지가 다른

세 가족의 붉은 과거를 바다가 먹어치웠다

토르말린 서핑 파크
저녁이
눈을 감고 자는 척한다

114

자두

엄마 괜찮아? 요? I'm Sad!

캘리포니아로 되돌아가는 비행기를 타고
너 떠난 후,
사흘 밤을 환청과 시름했다

너의 머리카락이 어딘가에 붙어 있을
집 안 여기저기에서는 아직도
너의 목소리가 들린다

어, 엄마 괜찮아!

시치미를 떼며
네가 사다 준 비타민과 Joint Support 한 알씩 먹으려는데
네가 먹다 남긴
자두 세 개가 식탁 위에서 시큼시큼 앓고 있다
벌겋게 부어오른 눈망울로 나를 쳐다보고 있다

치자꽃
— 옹알이하는 딸에게

무리에서 뒤떨어지는 새끼를 챙기는
물오리만도 못한
그 멀대 덕분이라 치자

차'자 주셔서
나'아 주셔서
코'마워요 엄마 싸'랑해요!

서른두 살이 되어서야 모어를 배우게 된
너의 정체성
너의 상처
너의 속울음
어미의 심장에 또박또박 적어놓을게

애써 눈물을 감추는 모습까지 어미를 닮아준 꽃아!
어린 어미의 물젖을 빨며 두 달을 버티다
먼 곳으로 떠밀려가야 했던 통증아!
찾아와줘서

바르게 자라줘서

고마워 꽃아!

서툰 젓가락질로

삼계탕과 김치를 맛있게 먹어주는 함박웃음아!

벌건 자궁에 웅크리고 있던 낡고 까만

산후통을 향기로 피어오르게 한

증오보다 용서를 먼저 배운

꽃, 그런 '꽃'이라고 치자

무녀리

— 아버지의 자서전

산고를 치르는 돼지, 새끼들을 받아낸 적이 많았지
그중 가장 먼저 문을 열고 나온 새끼를
무녀리라고 부르지
무리들보다 왜소하여 어미 젖꼭지도 제대로 못 찾는

세상을 등지고 사는 게 제멋인 산골마을
농부의 맏아들로 태어났지
돼지 새끼들과 함께 마당을 뒹굴던 유년도 잠시
국민학교도 다니다 말고
소달구지를 몰아야 했지
돼지 새끼들 내다 판 돈으로
막걸리 주전자 꼭지를 빨다 온 날은
천하가 다 내 것이었지
다섯 명의 동생들 분가시키느라
물려받은 다랑논 죄다 떼어주었을 때는
세상 구경 다 한 줄 알았지
아홉 달 간격으로 떠난 부모님 장지 허락해달라고
부잣집 문지방 앞에서 고개 꺾을 때 타버린 애간장으로

세상 구경 잘 했지

콩이야 팥이야
일곱 명의 새끼들 앞길 열어주다 보니
휜 등골에 골병만 잔뜩 들었지

다음 세상 문을 열 때는
삼십 킬로그램이 아닌
훤칠한 몸으로 맞서야겠다고

뗏장에 스며드는 빗물을
서걱서걱
받아먹는 중이지

빈 젖의 변명

— 캘리포니아포피에게

'나를 버리고 가시는……,'

아기는 아리랑을 칭얼거리며 오지 않는 아빠를 불러댔지
당황한 엄마는 돌지도 않은 빈 젖을 아기에게 물렸지 아기의
입심에 놀란 엄마의 손끝이 저릿저릿 울었지 빈 젖이 주는
멀건 젖도 젖이라고, 아기는 콧잔등에 땀까지 뿜어가면서 빈
젖을 빨아댔지

아기의 배꼽에 핀 까만 꽃잎이 떨어지던 날, 엄마의 젖샘
은 트이고 이내 젖몸살을 앓았지 젖몸살이 하는 말을 아기는
곧장 알아들었지 아기의 작은 입은 퉁퉁 부어오른 젖을 짜주
고, 아기의 작은 손은 퉁퉁 부어오른 한쪽 젖을 주물러주고,
아기의 작은 발은 커다란 허공을 걷어차며 동동거렸지

그렇게 저렇게 찜통더위는 찌그러지고 가을바람이 쑤군거
렸지 먹는 양이 늘어난 아기의 허기를 빈 젖 혼자 감당할 수
가 없었지 우는 아기를 보듬은 엄마는 시내버스에 몸을 실었
지 오지 않는 아빠를 찾아가면 분유라도 구할 수 있겠다 생
각했지

'나는 괜찮아요, 엄마……,'

아기는 가르쳐주지도 않은 눈빛언어로 엄마를 위로했지
아빠는 사무실에 없었고 경리에게 아기를 맡기고 기저귀 사
러 나온 엄마는 어둠의 입구에서 길을 잃었지 낯선 곳에서도
밤낮은 찾아왔지만 분별할 수가 없었지

'너를 버리고 돌아선……,'

그날이 그날이었다는 것은 나중에야 알았지……, 애가 타
서 하늘로 올라가버린 외할아버지가 아기의 위치를 알아봐
주셨지 아기는 소젖을 얻어먹고 캘리포니아포피*로 피었다
고, 꽃들은 어디에서든 피고 지는 게 당연하다고, 천인이 되
신 외할아버지가 귀띔을 해주셨지

  엄마는 한국어로
  아기는 영어로
  첫 편지를 주고받았던
  그날,

천둥이 치고
소낙비가 다녀가더니
무지개가 떴지

하늘이 낳은 비행기는 사람들을 보듬고 오락가락 바쁘고
엄마가 낳은 아기는 침술 공부 하느라 바쁘고
할머니가 낳은 엄마는 늦은 공부 하느라 바쁘고
굳은 줄 알았던
빈 젖은 멍울멍울 젖멍울을 피우느라 바쁘고

모녀가 만나서
몸짓언어로
서로를 달래주던
그날처럼

'나를 만나러 오시는……;'

* 캘리포니아포피 : 캘리포니아 주화(州花). 꽃말은 '감미로움', '나의
  희망을 받아주세요'.

성성한 기다림

두 다리 성성할 때 한 번이라도 더 다녀와야 하기에

출국 날짜 기다리는 며칠이 몇 년 같다. 여권, 탑승권, 미
화, 여행자보험증, 전자비자 사본, 상비약은 숄더백에 넣어
두었는데, 커다란 여행 가방에는 무얼 담아 갈까? 지나간 여
름에 빨아놓고 간 너의 속옷을 담아 갈까, 너의 웃음소리를
담아 갈까, 카메라 노트북 선글라스도 챙겨야겠지, 된장 고
추장 김치도 슬쩍 챙겨 갈까, 네가 사는 그곳은 멀고도 가까
운 나라, 다녀올 채비를 갖추는 며칠이 몇 년 같다.

엄마를 누드비치에 데려간다고 했나
동생을 버블 숍에 데려간다고 했나

두 눈 성성할 때 한 번이라도 더 봐야 하기에

하얀 심어(深語)

머리가 하얀

풍산개 한 마리와
할아버지 한 분이
도림천 물가에 앉아 계신다

노후 대책은 잘 되어가는가

나란히 앉은 가슴으로 나누는
저들의
하얀 심어(深語)

산책하던 사람들이 걸음을 멈추고
입꼬리를 귀에 걸고 있다
개울물이 달려가다 말고
흥얼흥얼 콧노래를 부른다

뒷모습이 다사로운

어르신 두 분,

속마음을 털어놓고 이야기를 나누신다

쉬이잇!

캡사이신

엄마가 또 시를 써서 한 보따리 보내주셨네
청홍고추, 오이고추, 참외, 옥수수, 강낭콩, 감자, 가지, 애
호박, 방울토마토, 된장
땡볕 선생의 질타를 마다 않고 쓴
시,
시어들이 매콤하네
행간에 꼬불쳐놓은
비지땀이 매콤하네

풍신난* 것들 잘 받었냐?
혼자라도 끼니는 챙기는 벱이다
오매도 시방 밥 한 술 뜨는 중이다
니 아버지 죽은 뒤 억척이가 되었다고
동네 사람들이 쑤군거려도
니 아버지랑 둘이서 쌔가 빠지도록 일해서 사들인
전답들을 넘한티 맽길 수 있겄냐……, 잘살어야 헌다

해가 바뀔수록 단단해지는

당신의 육필시를 낭송해주시는
엄마,
목소리가 아리아리하네
음절에 꼬불쳐놓은
삭신 삭는 소리가 쓰리쓰리하네

읽어줄 사람도 없는데 왜 이렇게 많이 보냈어
$C_{18}H_{27}NO_3$ 제발, 쓰지 마, 엄마!

당최 뭔 말인지 모르겠다는
비평을 늘어놓는
철딱서니 목소리가 앙칼지네

* 풍신나다 : '모양새나 짜임새가 볼품이 없다'는 뜻의 전라도 사투리.

호박꽃 엄마

고추밭 가상
호박꽃 엄마
환하게
웃고 있네

잔가시들 재운 몸으로
노란 꽃등 켜놓고
새끼들 앉을 자리
치우고 있네

엄마, 난 언제 커?

치마폭이 안고 있던
애동대동한
애호박이 말문을 여네

쉬잇, 도둑 들라!

호박꽃 엄마

노란 꽃등을 끄며

치마폭에

새끼들을 숨기네

대상애(對象愛)의 시학

맹문재

1.

이반 투르게네프의 장편소설 『아버지와 아들』은 두 세대 간의 대립과 갈등을 여실하게 보여주고 있다. 러시아의 전통 및 관습과 문화를 중요하게 여기고 옹호하는 아버지 세대와 개인의 자유를 보다 중요하게 여기는 아들 세대가 날카롭게 대립하는 것이다. 러시아의 농노 제도, 유물론과 관념론, 문학과 예술, 서구주의와 슬라브주의 등 모든 분야에서 맞서는데, 구세대는 신세대를 냉소주의자이고 오만하고 뻔뻔스럽다고 비난하고, 신세대는 구세대를 시대에 뒤떨어지고 공허하다고 비난한다.

작품의 주요 인물인 아르카디는 학업을 마치고 귀향할 때 친구이자 정신적인 스승인 바자로프를 데리고 왔다. 바자로프는 자연과학도로서 의사 자격시험을 준비하고 있는데, 니힐리스트였다. 모든 것을 비판적인 관점에서 바라보며 어떤 권위에도 굴하지 않고 어떤 원칙도 신앙으로 받아들이지 않았다. 자신이 니힐리스트로서 시대를 부정하는 것은 민중들이 요구하기 때문이라고 주장했다.

바자로프의 세계 인식에 대해 아르카디의 큰아버지인 파벨 페트로비치는 강하게 비판했다. "나는 당신이 러시아 민중을 정확히 파악한다고 믿고 싶지 않아. 또 그들의 요구를, 그들의 열망을 대변한다고 믿고 싶지 않아! 아니야, 러시아 민중은 당신이 상상하는 그런 사람들이 아니야. 그들은 전통을 소중히 여기며, 가부장적이야. 그들은 신앙 없이는 살아갈 수 없어······"[1]라고 비판한 것이다. 나아가 "예전 젊은이들은 무식쟁이라는 말을 듣고 싶지 않아서 공부를 해야만 했지. 그런데 지금 청년들은 '세상만사는 모두 무의미해!'라는 말만 하면 그만이야. 그러고는 마냥 즐거워하지. 전에 그들은 멍청이에 지나지 않았는데 지금은 갑자기 니힐리스트가 되어버렸어."[2]라고 비난까지 했다.

바자로프의 니힐리스트 성격은 자신의 아버지와 어머니에 대한 태도에서도 여실히 나타났다. 바자로프는 3년 만에 귀향하는 길인데도 곧바로 집으로 가지 않고 아르카디의 집에서 여러 날을 머물렀을 뿐만 아니라 미모의 여성인 오딘초바의 집에서도 보름 이상 보냈다. 귀향해서도 부모님의 사랑을 부담스러워하며 사흘 만에 집을 나와 다시 아르카디와 오딘초바를 찾아갔다. 마침내 집으로 돌아와서도 아버지 어머니에게는 무관심하고 실험하는 데만 열중했다.

---

1 이반 투르게네프, 『아버지와 아들』, 이항재 역, 문학동네, 2011, 81쪽.
2 위의 책, 87쪽.

그렇지만 그와 같은 태도는 부모의 지극한 사랑에 의해 극복된다. 니콜라이 페트로비치가 아들 아르카디가 학사학위를 받고 귀향하는 날 집으로부터 15킬로미터나 떨어진 주막에까지 나가 마중한 것처럼 바자로프의 아버지와 어머니도 늦게 돌아온 아들에게 섭섭함을 나타내는 대신 뜨겁게 맞이한다. 바자로프의 아버지는 퇴역 군의(軍醫)로서 농장 일을 돌보며 가끔씩 이웃 사람들을 치료해주고 있었다. 그리고 몸에 이끼가 끼지 않도록, 즉 시대에 뒤떨어지지 않도록 애쓰고 있었다. 다른 지주들이 생각하지 못한 소작제를 적용해 토지를 반분제로 농부들에게 빌려준 것이 그 한 모습이었다. 아버지의 깊은 사랑을 받은 바자로프는 마침내 부상당한 농군의 발을 싸매는 아버지를 도와준 것을 시작으로 마을 사람들의 진료에 동참한다.

그렇지만 불행하게도 바자로프는 장티푸스에 걸린 환자를 돌보다가 상처를 입고 감염되고 만다. 고열과 혼수상태로 자신의 죽음을 직감하자 오딘초바를 불러 사랑을 고백하면서 아버지를 옹호한다. "아버지는 '러시아가 훌륭한 인물을 잃어버렸다'고 당신에게 말할 테지요…… 어리석은 말이지만, 노인의 환상을 깨지는 마십시오. …(중략)… 그리고 우리 어머니를 위로해줘요. 대낮에 등불을 들고 찾아봐도 당신들 상류사회에서는 찾아볼 수 없는 분들이니까…… 러시아는 내가 필요합니다…… 아니, 필요 없는 것 같아요. 그럼 누가 필요하죠? 제화공이 필요해, 재봉사가 필요해, 고기장수가……"[3]라고 말하는 것이다. 니힐리즘

3 위의 책, 307~308쪽.

을 극복하고 아버지와 어머니를 품는 것이다.

유순예 시인의 시세계에서도 아버지와 어머니를 사랑하는 마음이 지극하다. 경제적으로 풍요롭지 못하고 사회적인 지위가 없고 배우지 못한 농민의 자식이라는 사실을 부끄러워하지 않고 자랑스러워하는 것이다. 이와 같은 당당함은 자식을 사랑한 부모의 마음이 어떠했는지를 비로소 이해했기 때문이다. 그리하여 시인은 부모를 비롯한 가족은 물론 자신과 인연이 된 사람들을 기꺼이 품는다.

2.

해 지기 전에 리어카 좀 끌고 오니라
포대도 몇 개 더 가져오고
병실 천장을 노려보며
고추를 따시더니
나는 총대 세울랑게
너는 밭 가상에서 나물이나 뜯어라
인삼밭을 꾸리시더니

사경에 드신 아버지!

기저귀가 짓무르도록 검푸른
유언을 써놓고
천장에서 흙이 쏟아진다 사다리 좀 가져와라
천장을 노려보며
시치미 뚝 뚝 떼시더니

적일(赤日)이 되신 아버지!

당신이 두고 가신 밭으로
내려오셔서
농산물들을 어루만지시네요

—「적일(赤日)」 전문

위의 작품의 "아버지"는 "해 지기 전"까지 "고추를"땄고, "총대"를 세우면서 "인삼밭을 꾸"렸다. 이와 같은 농사를 한두 해 한 것이 아니라 한평생 지었다. 또한 "아버지"는 "천장에서 흙이 쏟아"지는 것을 걱정하며 살아왔다. 경제적인 형편이 좋지 않아 집을 전면적으로 수리하지 못하고 "사다리"를 타고 올라가 손을 보면서 지내온 것이다.

"아버지"는 농사를 천직으로 알고 들에 나가 일했다. 해가 뜨기 전에 지게에 낫이며 삽이며 호미 등의 농기구를 지고 나가 일하다가 해가 저물어서야 집으로 돌아왔다. 당신이 할 줄 아는 일은 해를 따라 들에 나가 땀을 흘리며 몸에 흙을 묻히는 것이었다. 그리하여 작품의 화자는 당신은 하늘나라에서도 관심을 가질 뿐만 아니라 할 수 있는 일은 농사밖에 없다고 말한다. "적일(赤日)이 되"었어도 하늘나라에서 쉬거나 놀지 않고 "당신이 두고 가신 밭으로/내려오셔서/농산물들을 어루만"진다고 여기는 것이다.

화자는 "아버지"가 집안을 위해 평생 일한 면뿐만 아니라 자식을 지극히 사랑한 면도 떠올린다. 당신은 뜨거운 해를 받으며

밭에 나가 "고추를 따"면서도 "해 지기 전에 리어카 좀 끌고 오니라/포대도 몇 개 더 가져오고"라고 부탁한 상황에서 볼 수 있듯이 자식을 대신해서 힘든 일을 했다. 해가 질 무렵 리어카에 푸대나 싣고 오면 당신은 낮 동안 따놓은 "고추를" 담겠다는 것이다. 또한 "아버지"는 "나는 총대 세울랑게 너는 밭 가상에서 나물이나 뜯어라"고 말했다. 당신은 인삼밭 지붕을 받치는 나무 말뚝인 "총대"를 땅에 박는 일을 할 테니 자식에게는 밭가에 돋아난 나물이나 쉬엄쉬엄 뜯으라고 한 것이다. 그리하여 화자는 "적일(赤日)" 아래에서 하늘나라에 간 당신이 농사를 지으려고 지상에 햇살로 내려온 것이라고 생각한다.

아버지는 장날마다 터미널 한 귀퉁이에 서서 저를 기다리셨네요. 중학교 수업을 마치고 귀가하는 제 손을 잡고 허름한 선술집으로 들어가셨네요. 아버지는 막걸리 한두 잔으로 종일 비었던 배를 채우셨고, 덤으로 나온 안주들은 저에게 먹이셨네요.

인삼밭에 누운 지 수년째, 당최 일어나지 않으시는 아버지는 당신 손으로 낱낱이 심어놓고 가신 인삼, 그 인삼들이 손을 탈까 봐 망보는 중이라고요?

따라드리는 막걸리는 제 입에 넣어주시고, 좋아하시던 인절미는 잔디에게 주시면서 묵상에 드셨네요. 흙무덤으로 들어가셔서 흙 속을 살피시네요. 인삼이 제법 살이 올랐다고요?

'농사는 적당히만 지으면 재미나는 것인디, 시는 써서 어디

다 팔아먹으려고 그 고생이냐

　아버지 생전의 말씀을 삭힌 비를 뿌리고 해를 뿌리면서 인
삼을 기르고 계시네요. 뇌성으로 흙을 다지는가 싶더니 바람
의 목소리를 빌려서 콧노래를 부르시네요.

　올 가을에는 수확해서 누룩에 버무려두었다가 쌉싸래해지
면 주거니 받거니 하자고요?

—「인삼막걸리」 전문

　위의 작품에서도 화자는 "아버지"를 농사를 천직으로 여기고
일하는 존재로 인식한다. "인삼밭에 누운 지 수년째, 당최 일어
나지 않으시는 아버지는 당신 손으로 낱낱이 심어놓고 가신 인
삼, 그 인삼들이 손을 탈까 봐 망보는 중이라고요?"라고 묻는 것
이다. "흙무덤으로 들어가셔서 흙 속을 살피시네요. 인삼이 제
법 살이 올랐다고요?"라고 묻는 데서도 볼 수 있다.

　"아버지"는 농사짓는 일을 고통스러워하거나 힘들어하지 않
는다. 힘든 일인데도 불구하고 당신은 기쁨과 보람과 여유를 가
진다. 그와 같은 면은 "농사는 적당히만 지으면 재미나는 것인
디, 시는 써서 어디다 팔아먹으려고 그 고생이냐"라고 자식에게
농담을 전하는 데서 볼 수 있다. 그리하여 화자는 "아버지 생전
의 말씀을 삭힌 비를 뿌리고 해를 뿌리면서 인삼을 기르고 계시
네요. 뇌성으로 흙을 다지는가 싶더니 바람의 목소리를 빌려서
콧노래를 부르시네요."라고 여기는 것이다.

　부모에 대한 자식의 이와 같은 사랑은 "아버지"가 일찍이 자

식에게 베풀었기 때문에 가능하다. 그것은 "중학교 수업을 마치고 귀가하는 제 손을 잡고 허름한 선술집으로 들어가셨네요. 아버지는 막걸리 한두 잔으로 종일 비었던 배를 채우셨고, 덤으로 나온 안주들은 저에게 먹이셨네요."라는 일화에서 잘 볼 수 있다. 당신은 선술집에 들어가 주머니의 형편이 좋지 않기에 막걸리 한두 잔을 들면서 안주는 자식에게 먹인 것이다. 이와 같은 사랑은 성인이 된 자식에게도 마찬가지이다. 당신은 "따따라드리는 막걸리는 제 입에 넣어주시고, 좋아하시던 인절미는 잔디에게 주시"는 것이다. 그리하여 마침내 "아버지"의 가족은 꽃을 피운다.

마당 가득 흐드러진 잡동사니들 꽃을 피웠다

저들의 반은 아버지 유품들이고
저들의 반은 어머니 애환들이다

녹슨 가마솥
낡은 싸리비
찌그러진 양은냄비
찌그러진 고무다라
찌그러진……,
꽃들이 꽃밭을 일구었다

"나 먼저 갈랑께 자네는 찬찬히 와"
죽어서도 말을 하시는 아버지와
"영감 없이도 잘살 것여……"

살아서도 말문이 막히는 어머니의

손때 먹은 것들이 한데 어우러져 꽃을 피웠다

가마솥꽃
싸리비꽃
양은냄비꽃
고무다라꽃
활짝 핀……,
아버지꽃 어머니꽃

　　　　　　　—「잡동사니꽃들의 수다」전문

　위의 작품의 화자는 "마당 가득 흐드러진 잡동사니들"이 "꽃을 피웠다"고 노래한다. 그 꽃들이란 "녹슨 가마솥"과 "낡은 싸리비"와 "찌그러진 양은냄비"와 "찌그러진 고무다라" 등이다. "찌그러진" 생활용품들이 나뒹굴고 있는 모습을 보고 화자는 "꽃밭을 일구었다"고 노래한다. 화자는 "저들의 반은 아버지의 유품들이고/저들의 반은 어머니의 애환들이"기 때문에 포근하게 느낀다.
　"아버지"가 "나 먼저 갈랑께 자네는 찬찬히 와" 하고 "어머니"에게 말하자 "어머니"는 "영감 없이도 잘살 것여……"라고 능을 치며 대답한다. "살아서도 말문이 막히"고 말지만 "어머니"는 슬픔이나 쓸쓸함에 당신 스스로 함몰되지 않는 것이다. 그리하여 "아버지꽃 어머니꽃"이 마당 가득 이야기꽃을 피우고 있다. "가마솥꽃/싸리비꽃/양은냄비꽃/고무다라꽃/활짝"피어 있는 것이다. "손때 먹은 것들이 한데 어우러져 꽃을 피"운 모습에서 화자

는 가족의 사랑을 느낀다. 그 사랑은 경제적으로도 사회적으로
도 내세울 것이 없을지라도 아주 인간적인 것이어서 따스하고
풍요롭다. 그리하여 화자는 다른 가족도 포용한다.

3.

무리에서 뒤떨어지는 새끼를 챙기는
물오리만도 못한
그 멀대 덕분이라 치자

차'자 주셔서
나'아 주셔서
코'마워요 엄마 싸'랑해요!

서른두 살이 되어서야 모어를 배우게 된
너의 정체성
너의 상처
너의 속울음
어미의 심장에 또박또박 적어놓을게

애써 눈물을 감추는 모습까지 어미를 닮아준 꽃아!
어린 어미의 물젖을 빨며 두 달을 버티다
먼 곳으로 떠밀려가야 했던 통증아!
찾아와줘서
바르게 자라줘서
고마워 꽃아!

서툰 젓가락질로
삼계탕과 김치를 맛있게 먹어주는 함박웃음아!

벌건 자궁에 웅크리고 있던 낡고 까만
산후통을 향기로 피어오르게 한
증오보다 용서를 먼저 배운
꽃, 그런 '꽃'이라고 치자
　　　　　—「치자꽃 — 옹알이하는 딸에게」 전문

위의 작품의 화자에게는 "어린 어미의 물젖을 빨며 두 달을
버티다/먼 곳으로 떠밀려가야 했던 통증"이 있다. 화자는 그 어
린아이를 찾지 않았다. 아니 특별한 사정으로 인해 찾지 못했
다. 그런데 그 아이가 "찾'자 주서서/낳'아 주서서/코'마워요 엄
마 싸'랑해요!"라고 "서른두 살이 되어서" "어미"를 찾아주었다.
화자는 감격해 "찾아와줘서, 바르게 자라줘서, 고마워 꽃아!"라
며 아이를 끌어안는다.

　화자가 자신의 어린아이를 찾지 못한 이유는 "애써 눈물을 감
추는 모습까지 어미를 닮아준 꽃아!"라고 토로한 데서 유추할
수 있듯이 말 못 할 사정이 있었다. 자신을 "어린 어미"라고 말하
거나, "벌건 자궁에 웅크리고 있던 낡고 까만/산후통"을 기억하
는 데서 볼 수 있듯이 양육할 수 없는 상황이었다. 그런데 아이
는 자라나면서 "어미"의 그 사정을 다행스럽게도 이해했다. "증
오보다 용서를 먼저 배"워 "서툰 젓가락질로/삼계탕과 김치를
맛있게 먹어주는 함박웃음"까지 내보이는 것이다. 그리하여 화
자는 "너의 상처/너의 속울음"을 "어미의 심장에 또박또박 적어

놓을게"라고 약속한다. "모어를 배우게 된/너의 정체성"에 더 이상 혼란이 생기거나 상처가 나지 않도록 함께하겠다고 다짐하는 것이다. 이와 같은 사랑은 화자가 아버지와 어머니로부터 받은 사랑이 있기 때문에 가능하다. 받은 사랑이 있기 때문에 내줄 사랑도 있는 것이다.

> 고추밭 가상
> 호박꽃 엄마
> 환하게
> 웃고 있네
>
> 잔가시들 재운 몸으로
> 노란 꽃등 켜놓고
> 새끼들 앉을 자리
> 치우고 있네
>
> 엄마, 난 언제 커?
>
> 치마폭이 안고 있던
> 애동대동한
> 애호박이 말문을 여네
>
> 쉬잇, 도둑 들라!
>
> 호박꽃 엄마
> 노란 꽃등을 끄며

치마폭에
새끼들을 숨기네

　　　　　　　　　—「호박꽃 엄마」 전문

　"고추밭 가상/호박꽃 엄마"는 사랑스러운 자식이 있기 때문에
"환하게/웃고 있"다. 그리하여 "잔가시들 재운 몸으로/노란 꽃등
켜놓고/새끼들 앉을 자리/치우고 있"다. 자식이 살아가는 데 불
편함이 없도록 자리를 만들어주는 것이다.

　그런데 "치마폭이 안고 있던/애동대동한/애호박이" "엄마, 난
언제 커?"라고 묻는다. 이에 "호박꽃 엄마"는 화들짝 놀라 "쉬잇,
도둑 들라!" 하며 자식의 입을 막는다. 그리고 "노란 꽃등을 끄
며/치마폭에/새끼들을 숨"긴다. 빨리 자라나고 싶어 조급성을
띠는 자식을 지극히 아끼는 마음으로 다독이며 보호하는 것이
다. 이와 같은 화자의 대상애는 가족의 울타리를 넘어 확대되고
있기에 주목된다.

　4.

　　날짐승의 횡포와 맞서다 여기
　　공원 묘지에 세 든
　　나는 한때 자본가의 멱살을 움켜쥐다 나자빠진
　　노동자였지

　　비루한 정부를 향해서 비장한 각오로 대응했었지 집회를

마친 동료들과 소주잔을 기울이다 온 날은 갑갑하던 속이 시
원했었지 쥐도 새도 모르게 잡혀간 이후 소식을 모르겠다는
선배 이야기를 듣던 날은 분통이 터졌었지

　간신히 뻗은 두 다리를 스스로 오므릴 수 없는 나는 지금
가만히 누워만 있어도 봉분 밖 소식들이 들려오지 산 자들이
가끔 와서 따라주고 가던 술맛은 잊어버린 지 오래되었지

　소나기 한바탕 휩쓸고 지나가더니 사방이 뒤숭숭해졌지
때때로 찾아와서 살펴주던 바람이 내 비석에 붙은 비보(悲報)
를 읽어주고 갔지

　위 묘소는 관리비가 미납되었습니다 조속히 납부하여주시
기 바랍니다

　군데군데 파헤친 흔적이 우중충하게 남아 있는
　저기 저 공터들처럼
　나 또한 공허하게 쫓겨나야 할 판국이지

　죽어서도
　날짐승의 횡포에 끽소리 못 하는
　나는 민주열사가 아닌
　특3−01075 녹초일 뿐이지

—「비보(悲報)」 전문

　위의 작품의 "민주열사"는 "날짐승의 횡포와 맞서다"가 "공원
묘지에" 안치되어 있다. 그는 "한때 자본가의 멱살을 움켜쥐다

나자빠진/노동자였"다. 그는 "비루한 정부를 향해서 비장한 각오로 대응했"다. "집회를 마친 동료들과 소주잔을 기울이다 온 날은 갑갑하던 속이 시원했"고, "쥐도 새도 모르게 잡혀간 이후 소식을 모르겠다는 선배 이야기를 듣던 날은 분통"을 터뜨리기도 했다.

그 "민주열사"는 "간신히 뻗은 두 다리를 스스로 오므릴 수 없는" 처지에 놓여 있다. "산 자들이 가끔 와서 따라주고 가던 술맛"도 "잊어버린 지 오래되었"다. 그리고 "소나기 한바탕 휩쓸고 지나가더니 사방이 뒤숭숭해졌지 때때로 찾아와서 살펴주던 바람이" 자신의 "비석에 붙은 비보(悲報)를 읽어주고"간 것을 잊지 못한다. 그 내용은 다름 아니라 "위 묘소는 관리비가 미납되었습니다 조속히 납부하여주시기 바랍니다"라는 경고장이었다.

그리하여 그는 "군데군데 파헤친 흔적이 우중충하게 남아 있는/저기 저 공터들처럼" 자신 "또한 공허하게 쫓겨나야 할 판국이"라는 사실에 씁쓸함을 갖는다. 아울러 "죽어서도/날짐승의 횡포에 끽소리 못 하는" 자신의 처지를 안타까워한다. "나는 민주열사가 아닌/특3–01075 녹초일 뿐이"라고 자조적인 모습까지 보인다.

그는 인간다운 세상을 이루기 위해 자신의 목숨까지 걸었지만, 그가 꿈꾼 세상에서 살아가는 사람들은 어느덧 무관심을 보인다. 그 이유는 여러 가지가 있겠지만, 그의 헌신을 망각하고 있기 때문이다. 그리하여 화자는 용서를 비는 마음으로 그를 품는다. 그의 헌신을 기리는 동시에 그가 꿈꾸었던 "민주주의 사회"를 함께 지향하며 또 다른 비가를 부르는 것이다.

기도가 막혀서 숨을 쉴 수가 없었네.
그 기도를 허공에 매달았더니
숨 쉬기가 편안해졌네.

나는 이제, 자본가에게 짓밟히다 쫓겨난, 마흔두 살의 노동자가 아닌, 스물 두 살의 새내기 노동자로 되돌아가는 중이네. 굳어버린 내 혀가, 노동자 탄압, 노조 파괴, 부당 징계 등등의 단어들을 잊어버리라 하네. 야근, 주간 연속 2교대에게 빼앗긴 단잠이나 편안하게 자라 하네.

거리에서, 고공에서, 공장에서 투쟁하는 노동자들이여! 공권력 투입도 정당화되는 민둥산에 그대들을 두고 떠나는 나를 안아줘서 고맙네. 내 손으로 풀지 못한 숙제는 그대들과 함께 풀어야겠네. 몰래카메라를 달지 않아도 권력가들의 언행을 감지할 수 있는 혜안(慧眼)을 불어넣겠네.

시든 나의 육신은 이제, 저 하늘의 유성(流星)으로 새롭게 태어나는 중이네. 구린내 풍기는 현대에서 이탈하여, 청량한 천상으로 이직(移職)하는 중이네. 무차별 임금 삭감, 폭력 탄압, 직장 폐쇄 없는, 정규직 노동자 입사시험 합격통지서가 저만치 앞장서고 있네. 그대들에게 떠맡긴 잔업을 완수하는 날, 하늘 한번 올려다봐주시면 고맙겠네.

막혔던 기도가
소낙비를 생산하고 있을 것이네.

146

굳었던 내 혀가

승리의 노래를 부르고 있을 것이네.

　　— 「시든 국화의 비가(悲歌) — 한광호 열사의 전언」 전문

　2010년 유성기업과 노동조합은 심야 근무가 없는 주간 연속 2교대제 도입을 추진하기로 합의했다. 그렇지만 이듬해의 교섭에서 생산성과 임금 감소에 대한 의견차를 좁히지 못했다. 2011년 5월 유성기업의 노동자들이 심야 노동 철폐 등을 주장하자 회사는 직장 폐쇄로 맞섰다. 또한 회사 측에 유리한 제2노조를 만들어 징계와 손해배상 청구 대상에서 제외시켜주겠다고 노조원들을 유혹했다. 뿐만 아니라 용역을 통해 노조원들을 폭행했고, 일방적으로 생산 목표량을 정해놓고 채우지 못하면 임금을 삭감했다. 이에 항의하면 징계와 고소와 고발이 이어져 벌금을 물어야 했고 해고되었다. 이와 같은 일들이 계속 일어나자 노동자들은 육체적으로도 정신적으로도 피폐해졌다. 결국 2016년 3월 17일 열한 번의 고소 고발과 징계에 고통받던 "한광호" 노동자가 공원에서 주검으로 발견되었다.

　"한광호 열사"는 생을 마감한 자신의 상황을 "숨 쉬기가 편안해졌네"라고 긍정한다. 또한 "노동자 탄압, 노조 파괴, 부당 징계 등등의 단어들을 잊어버리"고 "야근, 주간 연속 2교대에게 빼앗긴 단잠이나 편안하게" 잘 수 있다고 노래한다. 이와 같은 면은 현실 상황이 그렇지 못한 것을 반영한다. 그리하여 "거리에서, 고공에서, 공장에서 투쟁하는 노동자들이여! 공권력 투입도 정당화되는 민둥산에 그대들을 두고 떠나는 나를 안아줘서 고맙

네."라며 "내 손으로 풀지 못한 숙제는 그대들과 함께 풀어야겠네."라고 투쟁 의지를 내보인다. "굳었던 내 혀가/승리의 노래를 부르고 있을 것"이라고 낙관적인 전망도 제시한다.

유성기업의 노동조합이 2011년 10월부터 사측의 노조 파괴 행위와 부당노동 행위를 고소했지만 검찰의 수사는 진전이 없었다. 2012년 9월 국회 청문회에서 유성기업과 노무법인 '창조컨설팅'이 공모한 노조 파괴 시나리오가 폭로된 뒤 다시 고소했지만 검찰은 불기소 처분을 내렸다. 또한 해고되었던 노동자들이 징계 해고 처분 취소 소송에서 승소해 복직했으나 회사는 강제 교육 등으로 괴롭혔다. 그리고 우울증이 심한 노동자들이 진단을 받고 근로복지공단에 요양급여를 신청했지만 회사는 요양 승인 취소를 소송했다. 이러는 동안 "한광호 열사"는 목숨을 끊었다.[4]

"한광호 열사"는 에리히 프롬이 『사랑의 기술』에서 명명한 자기애(自己愛)가 강한 사람이다. 자기애는 자기 자신에게만 관심

---

4 이후 노조원들은 한광호 열사의 정신을 외면하지 않고 끈질긴 노숙 투쟁을 전개해 2017년 12월 22일 대법원에서 유성기업 대표의 유죄를 이끌어냈다. "22일 대법원은 유시영 유성기업 회장 측이 낸 상고에 '원심 판결은 정당하다'며 기각했다. 유 회장과 함께 기소된 유성기업 아산·영동공장장과 노무담당 임원 등에도 유죄를 확정했다. 유 회장은 2015년 4월 부당노동 행위 혐의로 기소돼 지난 2월 1심에서 징역 1년 6월을 선고받았다. 지난 8월 2심은 일부 혐의를 무죄로 판단하고 1년 2월로 감형했다. …(중략)… 기업 대표가 부당노동행위로 기소돼 대법원에서 확정판결까지 받는 것은 처음이다."(김상범 기자, 「'노조 파괴' 유성기업 회장 실형 확정…'몸통' 의혹 현대차 재판에 불리」, 『경향신문』 2017.12.22. http://news.khan.co.kr/kh_news/khan_art_view.html?artid=201712222131005&code=940702#csidxf7d5048d8c55a6fadb47c5716a084d8)

을 갖고 다른 사람에게 베풀지 않고 받는 것에만 기쁨을 느끼는 이기적인 사랑과는 다르다. 이기적인 사랑은 다른 사람은 물론 자기 자신도 사랑하지 못한다. 따라서 "타인에 대한 사랑과 우리 자신에 대한 사랑은 양자택일적인 것이 아니다. 반대로 자기 자신을 사랑하는 태도는 다른 사람을 사랑할 줄 아는 모든 사람들에게서 찾아볼 수 있을 것이다. 대상과 우리 자신의 자아 간의 연관 문제에서 사랑은 본질적으로 불가분의 것이다. 순수한 사랑은 생산성의 발로이며 보호, 존경, 책임, 지식을 뜻한다."[5] "한광호 열사"는 자신을 사랑했기에 같은 길을 걸어가는 노동자들도 사랑할 수 있었다. 전태일 열사가 그러했듯이 그는 고통받는 노동자들을 위해 한 알의 밀알이 된 것이다.

이기적인 인간 존재가 자기 자신은 물론 다른 사람을 사랑하는 일은 결코 쉬운 것이 아니다. 그러므로 유순예 시인이 노래한 대상애는 주목된다. 시인의 대상애는 자기애를 바탕으로 한 사랑이기에 진실하고, 개인적인 차원을 넘어 공동체적인 것이다. 그리고 인간 가치가 실현되는 세계를 이루기 위해 부단하게 움직이는 것이다.

孟文在 | 문학평론가 · 안양대 교수

---

5 에리히 프롬, 『사랑의 기술』, 이완희 역, 문장사, 1983, 76쪽.

푸른사상 시선은 계속 발간됩니다.

푸른사상 시선 89

호박꽃 엄마

유 순 예 시집